しなてるや

SHINATERUYA
SATO IKURA

佐藤郁良句集

ふらんす堂

しなてるや　目次

佐藤郁良句集

しなてるや

雪の帳

春を待つ前売券が二枚あり

点心の中のくれなゐ春きざす

受験子の母や帰帆を待つこころ

合格のやがて小さき輪になりぬ

雨脚はうたかたを生み彼岸寒

耕せば空やはらかくなりにけり

春濤の剝れて海鳥となりぬ

釣人に魚の名を問ふ日永かな

陸はいま花の中なり接岸す

誰も名を知らぬ遅日の島ひとつ

甲板に声を満載こどもの日

青嵐あの大楠に逢ひにゆく

ぼこぼこのコップがひとつ山清水

夕空へ流れ出したる茄子の紺

みちのくや蠅一匹を皿に追ひ

蕉翁の夏草と思ふ毟りけり

炎熱や車を積んでゆく車

孑孓のいのちをどつと捨てにけり

ある地点から滝風の中に入る

代はる代はる水槽に顔夏休

広がれる画鋲の穴や終戦日

八月のすべてを知つてゐる巨木

割る前の西瓜を誉めてゐるところ

蜘蛛の囲に蜘蛛のをらざる秋気かな

いろいろとありし障子を洗ひけり

障子洗ふ清貧といふ眺めかな

秋耕やときをり川へ目を投げて

ごはごはとシャツ乾きけり鵙の贄

秋寒や点かずに折るる紙燐寸

火の恋しみちのく訛聞けばなほ

絹つむぐやうに十一月の雨

境内に鳥湧く一樹七五三

さざんくわはいろはかるたのやうにちる

昨日から明後日へ抜けかいつぶり

京都・飛鳥・長浜　六句

一面の枯れを破りて大鳥居

棒鱈は生絹の色と思ひけり

青垣を雨の洗へる年用意
うつすらと松葉のにほふほどの雪

みづうみは雪の帳の中にあり
思はざる幸のひとつに雪見酒

煤逃がこんなに泣ける映画とは

鯛焼といふ詫び状に似たるもの

数へ日のふつと大きな空に遭ふ

酒になる米きらきらと年の暮

一斉に春着の動く交差点

歌かるた読む子に恋の遠からじ

風に幣鳴つて五日の社かな

しらとりを何羽か放ち出初式

厄介な靴脱いでより春の炉へ

春雨やズボンが乾くまでの酒

春闘や紙つよく嚙む裁断機

採寸のメジャーつめたし花辛夷

真珠ひとつぶ朧夜の箱を出づ

川の色海へ食ひ込む卒業期

遠足の先生がかたまつて食ふ

夏つばめ海の群青定まれる

うたかたの家

苔の上を水走りくる立夏かな

ラムネ飲むまだ新しき喉仏

薫風やこども列車に膝折つて

母の日の小さく刺さる茄子の棘

廃校に教具残れりほととぎす

薄き刃にぜいご抗ふ夏はじめ

涼しさや水蜘蛛にうたかたの家

夏の星まだ熱を持つボンネット

陋巷や網戸越しなるテレビ笑ふ

道問うて話し込みたり茄子の花

林道に車寠れてほととぎす

山毛欅抱けば水のつめたさ半夏生

噴水の雨凌がんとして高し

上がるとき我を引きずるプールかな

裏山に何か建ちをり籐寝椅子

沖縄　五句

風鈴ややややがて出てくるソーキそば

エイサーの初め指笛ものものし

踊りけり跣の底の擦れるまで

南海の青かきまぜて台風来

声奪ふ二百十日の基地の風

西瓜切る民主的とは面倒な

道なきをゆく愉しさよ葛の花

街とほくみづうみに似て葡萄郷

かなかなが一筆箋を溢れけり

秋気澄む真一文字の水の音

秋潮へひとりになりにゆく帆かな

湯にほどく手足の長き良夜かな

滅びゆく王朝のごと山粧ふ

恵林寺・勝沼　二句

完璧なあをぞら柿を干し終へて

枯葡萄にもむらさきの通ふらし

山廬　四句

川音を出て寒禽のこゑとなる

冬座敷刃のごとき一輪を活け

文机は白山茶花に向いてをり
鉄瓶の湯気流れゆく隙間風

音やがてひかりに化して冬の川

マウンテンバイクの泥や神の留守

左右より色のしかかる酉の市

虚子像は晩年の顔帰り花

ポインセチア街がよそよそしくなりぬ
煤逃の半券がまだポケットに

京都・琵琶湖　十句

蕪村忌やしんそこ冷ゆる京畳

かいつぶり比叡の底へ潜りけり

てのひらに練切の花冬ぬくし

数へ日や湯葉も昆布も結ばれて

うす青き雪の色して京蕪

野菜みな花と切られて年の暮

茎漬を小暗き水の上がり来ぬ

冬帝を戴くあららぎと思ふ

国宝に順路つくるも年用意

昼酒の近江に年を惜しむなり

母のとる出汁の金色大晦日

東京の空澄みわたる雑煮かな

木彫の熊

初旅や市電は急ぐこと知らず

山を見て山と書くなり筆始

喪の家をすこし離れて羽子の音

裸電球越しに市場の御慶かな

大正も平成もゐる初写真

大服の底に沈める福いろいろ

海荒し鰤焼くる暖房車

申し訳ほどに停まりぬ吹雪く駅

湖氷る木彫の熊の売れぬまま

あたらしき雪が氷湖を塗り直す

食紅のひと匙寒波ゆるみけり

待春のひかりの色に和三盆

蕎麦は音立てて食ふもの遠雪崩

屋根替のからだを屋根に休めをり

その幅は母の激しさ雪解川

無為でゐることおそろしき春の風邪

てのひらは狭し寄居虫を遊ばせて

寄せ植ゑのごとき入学写真かな

今はなき塔の高さよ初ざくら

霊園にタクシー休む蝶の昼

東京は坂に疲れて桜餅

屋上へ空を見に来る新社員

きりぎしは人を拒みて鳥の恋

廃船は汽笛を忘れ春の暮

賞状の長押に並ぶ端午かな

汗の子が顔から水を飲みに来る

木を選ぶことから始めハンモック

匂ひつつ喉をつらぬく麦茶かな

秩父路や店の日除のみな褪せて

桑の実を盗みし色の爪を切る

麻服に渚のやうな坐り皺

東屋に昼寝の脚の混み合へる

枇杷を剝く女にしては大きな手

鮒鮓の結局父に集まり来

吊つて売るたこせんべいや花海桐

蟹の死をしづめて水の透き通る

あめんぼと影とかがやきつつ流る

向日葵が夕星を呑み込むところ

水着脱ぐけふ一日の縮みけり

みんなみの星湿りをる洗ひ髪

炎天より麒麟の首の戻り来ぬ

大粒の雨をよろこぶ凌霄花

夕顔やむかし迷子になりし路地

火遊びの匂ひの残る浴衣かな

壊さぬやうに

沖縄　四句

はつ秋や琉球は蝶高き国

時間通りゆかぬ島なり秋扇

台風が遠くあるてふ海の紺

沖遠くあるかなきかに処暑の島

橋桁を待つ橋脚へ秋の風

鹿の眼のやはらかに吾を見捨てけり

取り切れぬ草虱あきらめて旅

具体的すぎて案山子のおそろしき

糸瓜棚用なき客の訪ね来る

コスモスへ入れば粘着質の風

葡萄酒を醸すに足裏の快楽
谷は霧駅とおぼしき音のして

やや寒の天井を突く床柱

みな真面目すぎて疲るる菊花展

亡き人の夢ばかり見る菊枕

動き出す夜寒の予約録画かな

頂はあをぞらのもの蜜柑山

縛られたまま白菜のよく育つ

制服をこぼし冬田の中の駅

枯芝やあたたかさうな人ばかり

鏡よりはやく走れり冬の川

鴛鴦やしづかな余生とはこんな

「俳句王国がゆく」二句

寄せ書きは八方へ伸び冬日燦

蕎麦碾くや月山はうつすらと雪

鶴唳やタ空はいまむらさきに
綿虫を壊さぬやうに近づきぬ

初氷はるかに山の烟りをり
対岸の狐火われに気付きしか

冬晴へ舟盛の舟干されをり

湯煎して蜜よみがへる冬至かな

八畳に十人つどふクリスマス

いつよりか聖樹見下ろす子となりぬ

ナイフ入れ家の傾げる聖菓かな

毛糸編む娘をとほく見てをりぬ

静電気帯びる会話や室の花

温室の中の時計が狂ひをり

新巻を並べ上野はにほふ街

駃舌をかいくぐりゆく年の市

煤掃の東司を以て終はりけり

片付けて日溜り残る小晦日

初明り紫煙に影をつくりけり

家ぢゆうが角張つてゐるお正月

母に似る仕草言ひ草七日粥

母ひとりには広き家福寿草

眼を入れてより解け初むる雪兎

奏でたき音を蔵して夜の氷柱

捌かれて鮪は赤き尾根をなす

春浅し刃物屋の文字刃物めき

花がつをふはりと春の風に売る
餃子にも翼のありて卒業期

夕霞校歌の山は小さくて

家具屋よりベッド出てゆく日永かな

あたたかや用を終へたる定期券

畳みたるタオルの嵩もうららけし

荷を積んで荷台余りぬ初桜

若き息なれば風船割れ易し

周遊券

寄居虫這ふジーンズは遠浅の色

海風に家並の痩せて花大根

海女若し火につややかな脚を投げ

菜の花の中の鉄道研究部

街閑散と蛤の半開き
心配なほどに剪定されてをり

春深し紅生姜より朱の移り

たんぽぽにアパートの蝕まれゆく

うまごやし空落ちてくる気配なし

源泉掛け流し鶯鳴き通し

ちる桜さもなき水を選みけり

雉子鳴くや疎林を抜けてくる光

海棠や肌理こまかなる山の雨

ぶらんこのぐんぐん老いてゆく子かな

余花に遇ふ周遊券の果ての駅

落ちて来し高さを仰ぐ桐の花

男湯を声立ち昇る端午かな

やはらかに鳥遊ばせて花あふち

葉桜や早弁の窓開け放ち

汗のシャツ脱ぎひと回り大きくなる

板書せる腕長々と更衣

ハンカチの浄く教員志望とふ

灯台は大いなる虚新樹光

遊船にほどよく酔うてみな無口

夏鴨や女もすなる腕まくり

香水を世界の中心に垂らす

竹皮を脱ぎ切れずをり手を貸せり

目が馴れて来て幾千の実梅かな

昼顔や蠟石で描く母痩せて

夏料理路面電車の音とほく

あはあはと見ゆ竹婦人越しの湖

長編に瀬あり淵あり明易し

滝しぶき蝶の飛翔を乱しけり

売り物のなべて小暗し滝見茶屋

中つ世の鑿跡粗し山滴る

明日越ゆる峰の高さへ蚊喰鳥

ぐんぐんと氷菓の溶けてゆく町よ
日覆や物ぎらぎらと売れ残る

風かろし蠅取紙の一日目

ちりぢりに喪服去りゆく誘蛾灯

男ややはみ出してをる砂日傘

つまらない海だ夾竹桃揺れて

空蟬の眼の濁りゆく雨か

夜の秋や炭酸水に雨の音

若草の香

鴨川和棉農園　四句

林道は綿打つ家に行き止る

さまざまな道具に埋もれ綿を繰る

秋雨の一日をつかふ糸車

綿打の綿にまみれて了りけり

助手席はいくたびか芒に触れて

新蕎麦や一糸まとはぬ空のあを

臀呫なら野分に流れゆくも佳し
秋麗やそよぐほどなる畑のもの

障子洗ふ穴に由来のひとつひとつ

コンセントあれこれと要る冬支度

灯火親しむ七色の付箋手に
日本史に革命のなき夜食かな

寝そべつて大きな犬や柿日和

短日や塩振れば肉かがやける

神の留守テレビの裏の綿埃

パリからの手紙の届く炬燵かな

昨夜の雨凝りて竜の玉となる

屛風絵を出るひとすぢの水の音

一陽来復楽譜にゆるやかな起伏

風つよき夜の鍋焼といふ孤島

日記買ふ橋うつくしき街に来て
夕凍みの橋の袂のサキソフォン

大寺の苔うるはしくしぐれけり

暮れてより京人参に燠のいろ

香久山へマフラー白く靡きけり

子の声の去つて綿虫見え来たり

中山道醒ヶ井宿　二句

数へ日の人より水の急ぐ町

門川のしづかに賀状書く家か

星々を煙らせてゐる初湯かな

旋盤の音かすかなり鳥総松

紋別・サロマ湖　四句

鉛より青く暮雪のオホーツク

湖一枚これがしばれるとふことか

北溟の風より速く鷲下り来

野兎のすこぶる聡き眼をしたり

一杯の紅茶まぶしき寒波かな

東京は人に汚れて深雪晴

春近しファウルラインを引き直し

傾けて口までとほき葛湯かな

梳るほどの水音ふきのたう

薄氷の耐へたる鳥の重さかな

橋は弧をすこし緩めて春ショール

残る鴨しづかに時を潰しをり

料峭の開式を待つパイプ椅子

空はまだ錫のつめたさ桜餅

団地古るパンジーがひと並べほど

飛行機のゆつくり過るヒヤシンス

たたなづく彼方より出て雪解川
わかさぎのむべ若草の香を放つ

鶯餅裏山はいまこんな色

味噌蔵の深く匂へる雛祭

三月や宿り木は青空に飢ゑ

よく啄む鶴に帰心のあればこそ

うつくしく皺寄ることも春の水

花ふかく鳥の溺るる虚子忌かな

あとがき

『しなてるや』は、平成二十四年から平成三十年春までの句を収めた第三句集である。この間、「銀化」では三年余りにわたって編集長を務めたほか、平成二十五年九月には櫂未知子氏とともに同人誌「群青」を創刊するなど、変化の多い六年間であった。

高校生の俳句指導に携わるようになって十七年、生徒達と毎年のように訪れている山梨、関西、沖縄などの地は、この句集の中にもたびたび登場してくる。いずれも、私にとって大切な場所である。さらに「群青」での、紙漉や綿打など様々な体験を取り込んだ吟行は、私の俳句の世界を広げる力になってくれている。

句集名となった「しなてるや」は、古歌の中で「鳰《にお》の湖」すなわち琵琶湖に掛かる枕詞として用いられることばである。琵琶湖はこの数年、必ず年末に訪れている土地、私の最も愛する地のひとつである。そこで数々の句を賜ったことへの感謝を込めて、句集名とした。これからも、旅や実体験を大切に、自らの俳句を耕してゆきたいと思っている。

最後に、「銀化」で初学の頃よりご指導下さった中原道夫先生、ともに「群青」を支えて下さり過分な帯文をお寄せ下さった櫂未知子様に、心より御礼を申し上げたい。また、「群青」の発行所を提供してくれている母や、私の俳句道楽をあたたかく見守ってくれている家族にも、謝意を申し述べたい。

それでは、また次の旅を目指すことにしよう。

平成三十年八月　猛暑極まる東京にて

佐藤郁良

著者略歴

佐藤郁良（さとう・いくら）

昭和四三年　東京生まれ
平成一三年　高校教諭として俳句甲子園に初引率
平成一五年　「銀化」入会
平成一九年　句集『海図』にて第三一回俳人協会新人賞受賞
平成二五年　櫂未知子氏と「群青」創刊
現　在　「群青」共同代表　「銀化」同人　俳人協会幹事　日本文藝家協会会員

句集『海図』（ふらんす堂）『星の呼吸』（角川書店）
著書『俳句のための文語文法入門』（角川学芸出版）
『俳句のための文語文法　実作編』（KADOKAWA）

著者　佐藤郁良
発行日　二〇一九年一月一日初版発行
発行人　山岡喜美子
発行所　ふらんす堂
〒一八二―〇〇〇二　東京都調布市仙川町一―一五―三八―二F
電話　〇三（三三二六）九〇六一
ＦＡＸ　〇三（三三二六）六九一九
URL　http://furansudo.com/　MAIL　info@furansudo.com
装丁　和兎
印刷　日本ハイコム㈱
製本　㈱松岳社
定価　本体二八〇〇円＋税

しなてるや

ISBN978-4-7814-1115-6 C0092 ¥2800E